Vom Autor bereits erschienen im Hause Twentysix:

- SAD SONG - Trauriges Lied -

Über den Autor:

Sandro Hübner, geboren am 07. August 1991 in Görlitz. Besuchte erfolgreich die Schule und widmete sich mit 10 Jahren Kurzgeschichten, Gedichten und Vorträgen die sehr umfangreich verfasst waren. Als er 17 Jahre alt war und sich als Schriftsteller die Zeit, für seinen Ersten Roman: SAD SONG - Trauriges Lied - nahm, machte es ihn sehr großen Spaß das Schreiben. Sandro Hübner lebt mit seinem Partner in Berlin und arbeitet bereits an seinem nächsten Roman.

Danksagung

Ich bedanke mich bei meinen Freunden, die mir treu an meiner Seite stehen und vor allem meinem Partner. Für sehr viele Anregungen und Unterstützungen bedanke ich mich bei allen, ganz besonders meiner Mutter.

Es sind weitere Bücher in Vorbereitung, und ich würde mich auf zahlreiche freundliche Zuschriften per E-Mail: S.Huebner1991@gmx.de von Ihnen freuen.

Berlin, im August 2009

Bibliografische Information der Deutschen Nationalbibliothek:
Die Deutsche Nationalbibliothek verzeichnet diese Publikation in der
Deutschen Nationalbibliografie; detaillierte bibliografische Daten sind
im Internet über http://dnb.dnb.de abrufbar.

TWENTYSIX – Der Self-Publishing-Verlag
Eine Kooperation zwischen der Verlagsgruppe Random House und
BoD – Books on Demand.

© 2009 Sandro Hübner

Herstellung und Verlag:
BoD – Books on Demand, Norderstedt

ISBN: 978-3-7407-3030-7

SANDRO HÜBNER

Juliette und Taddei
eine Liebe forever

Liebesroman

PROLOG

Ich ersticke. Eine unerträgliche liegt über der Metrostation, Menschenmassen drängen sich auf dem Bahnsteig. Ich halte die kühle Mineralwasserflasche an meine Wange und sehe auf einmal ganz unerwartet und deutlich sein Gesicht vor mir, spüre wieder seine Lippen, so kalt, nachdem er aus einer eisgekühlten Coladose getrunken hatte.

Im Juli wird es zwei Jahre her sein.

Viele Monate lang habe ich mir die Skizzen angeschaut, die ich von ihm gemacht habe, und die wenig gelungenen Fotos. Doch irgendwann hat sich ein Bild in meinem Kopf aufgelöst und ich habe nicht mehr gesehen.

Die Metro hat Verspätung. Ich denke an die heißen Sommertage in New York zurück. Als wir im Schatten eines Baumes im Central Park Schutz gesucht haben, um nicht zu ersticken.

Bald zwei Jahre.

Wenn in einem Film die Kamera plötzlich mitten ins Herz von Manhattan eintaucht, suche ich im Gewirr der breiten Straßen nach seiner Silhouette.

Die Metro taucht vor mir auf, und die Erinnerung verblasst wieder.

1. Kapitel

In New York hatten wir einen Winter wie im Märchen mit einem stahlblauen Himmel über den Hochhäusern und unberührtem Schnee, der alles zum glitzern brachte. Ich die Fifth Avenue hinunter, bevor ich in den Bus einstieg, eines der wenigen Fahrzeuge, die überhaupt noch fuhren. Die Stille verlieh der riesigen Stadt fast etwas Dörfliches. Ich hörte das Knirschen meiner Gummistiefel, die in dem weißen Pulver versanken. Ich kam am Haus von Robert Redford vorbei, der erschien, wie von einem Lichtkranz umgeben, als würde er über dem Erdboden schweben. Der Inhalt meiner Zeichenmappe ergoss sich in den Schnee. Eine Woge von Gefühlen schleuderte uns aufeinander zu. Meine Bilder wirbelten um uns herum. Wir rührten uns nicht und starrten einander nur wortlos an.

Ich war siebzehn und hatte gerade ein Stipendium für ein Studium an der Parson-Kunstakademie bekommen. Mein Alter war allerdings unwichtig. In meiner Phantasie gab so etwas wie Zeit nicht.

Er nahm meine Hand, er war noch jung, wie in: „So wie wir waren." Wir gingen Seite an Seite. Mein Glück war ebenso vollkommen wie die schnörkellosen Linien der Straße deren Ende ich nicht sehen konnte.

Als ich durch die Dampfschwaden ging, die an jeder Kreuzung aus den Gullys stiegen, ertappte ich mich dabei, wie ich hingerissen und beharrlich einen Brezelverkäufer anlächelte und manchmal sogar ein Verkehrsschild.

Der ankommende Bus und zwei oder drei Rauchwolken, die aus dem Nichts zu kommen schienen, ließ ich hinter mir, sprang übermütig und kraftvoll auf vereiste Wasserlachen, die nicht brachen, rutschte über das Eis und sang dabei aus vollem Halse heraus: „If I can make it here, I'll make anywhere! I want to be a part of it, New York, New York!"

Wie sehr wollte ich dazugehören! Ich studierte an einer der größten amerikanischen Kunstakademien, alles war möglich. Etwas würde mit mir geschehen. Etwas musste endlich mit mir geschehen!

In Höhe des Broadways hingen Eiskristalle an meinen Augenlidern. Ich beschloss, doch den Bus zu nehmen.

2. Kapitel

Vor der Parson-Akademie wartete ein durchgefrorener Léonard auf mich.

Wo hast du so lange gesteckt?

Er trug ausschließlich bunte Schlaghosen, kurze und enganliegende T-Shirts mit psychedelischen Mustern.

Als ich ihn im September kennengelernt hatte, kam er mir extravagant vor, doch bei minus 20 Grad Celsius, sah er in seinem orangefarbenen, schäbigen Mantel ehr grotesk aus.

Wo ist Michael?

Léonard war selten ohne Michael anzutreffen. Und Michael und Léonard selten ohne mich.

Er schleppte mich zur Cafeteria. Michael saß einem Mädchen gegenüber, von dem ich nur das lange blonde Haar sah, das ihr über die Schultern fiel. Im Gegensatz zu Léonard tat Michael alles, um nicht aufzufallen. In meiner Erinnerung spricht er leise, nervös lässt er andauernd Fingerknöchel knacken. Bei jeden Knacken verzog ich das Gesicht. Das langhaarige Mädchen begrüßte uns. Meine Grimasse hatte sich in ein spontanes Lächeln verwandeln sollen, doch wegen der unglaublichen Hitze in allen New Yorker Lokalen war mein Versuch zum Scheitern verurteilt. Ich verzichtete darauf, frisch und sympathisch wirken zu wollen, und begann mich in meiner Daunenjacke und diverser Pulloverschichten zu entledigen.

Sie hieß Ally, in ihrem schlichten roten Wollkleid sah sie groß und schlank aus. Bis zu diesem Moment wäre ich nie auf die Idee gekommen, dass man bei einer solchen Kälte ein Kleid tragen könnte. Ich bückte mich, um meine Gummistiefel auszuziehen, und sah vor mir ein paar Wildlederstiefel, von dem ich sofort wusste, dass ich sie unbedingt auch haben musste. Während des anschließenden Gesprächs dachte ich nur daran, wie ich es fertig bringen könnte, dieses Mädchen zu fragen, woher es seine Stiefel hatte. Ally stammte aus Kalifornien, und ich konnte nur hoffen, dass ihre Stiefel nicht auch aus dieser Ecke kamen. Die Anwesenheit von Michael und Léonard hinderte mich daran, sie zu fragen. Meine besten Kumpels hätten kein Verständnis dafür aufgebracht, dass mich das Thema Schuhe ernsthaft interessieren könnte. Deshalb wartete ich geduldig auf eine bessere Gelegenheit.

Ally sagte, sie finde meinen Akzent absolut irre. Sie sagte das in einem Ton, als ob sie ihn wirklich total umwerfend findet. Ich dachte, sie wolle mich auf den Arm nehmen, denn ich wusste, dass ich einen sehr ausgeprägten Akzent hatte. Ich drehte den Kopf zu Michael und Léonard – wir hatten nie über mein Englisch geredet, auch nicht am Anfang, als ich mit Müh und Not gerade ein paar Sätze bilden konnte. Doch die beiden hatten nur Augen für Ally. So wie sie hatten sie mich noch nie angeschaut. Außerdem glaubte ich nicht, dass sie bei mir jemals irgendetwas bemerkt hätten. Sie haben mich gleich am ersten Tag, als ich mich einschrieb, quasi adoptiert. Léonard hatte sich zu mir herübergelegt und mir geholfen, die verschiedenen Felder mit den Verwaltungsdaten anzukreuzen, die für mich das reinste chinesisch waren. Es war sehr schwierig, sich für diesen oder jenen Kurs zu entscheiden. Mehr aus Solidarität als aus Neigung wählten wir schließlich alle drei denselben Stundenplan aus.

Plötzlich stand Ally auf, schnappte sich einen zu den von mir noch nicht angesprochenen Stiefeln passenden Wildledermantel und verschwand, wobei sie eine intensive Parfümwolke zurückließ. Wir drei saßen schweigend da, als ob wir zum ersten Mal , seit wir uns kannten, nicht wüssten, worüber wir sprechen könnten. Meistens redeten wir natürlich über Malerei, doch auch über Musik, Literatur und Filme . . . Mein Unwissen verheimlichte ich immer, indem ich lediglich nickte, wenn mir ein Name unbekannt war, manchmal schwindelte ich auch bezüglich der Ambitionen, die ich ohne sie nie zu haben gewagt hätte.

Im Grunde genommen vertrauten wir uns jedoch nichts an.

An diesem Morgen hatte ich beschlossen, Allys beste Freundin zu werden.

3. Kapitel

Es wurde schnell dunkel. Die Kälte hielt mich wie ein Schraubstock umklammert. Frierend stieg ich in den Bus, suchte mir einen Fensterplatz und drückte mich gegen die Scheibe. Wieder wurde mir die Hitze schnell unerträglich, und wieder musste ich mich aus diversen Wollschichten schälen. Wie in einer Art Halbschlaf nahm ich die Lichter der Stadt wahr – weder beim Ertönen der Polizeisirenen noch der elektronischen Stimme, die laut die nächsten Haltestellen sagte, zuckte ich zusammen. Die anfangs ungewohnten Melodien waren mir im Laufe der Zeit vertraut geworden.

Hin und wieder wachte ich auf. Hinter der Fensterscheibe zog etwas einzigartiges Helles meine Aufmerksamkeit auf sich, Robert Redford flog mir entgegen, unsere Arme trafen sich, unsere Gesichter berührten sich beinahe . . .

Wie weit fährst du?

Es dauerte eine Weile, bis Allys klare Stimme zu meinem Gehirn durchdrang. Während dieses sehr langen Augenblicks wünschte ich, mein Schädel und sein ganzer Inhalt würden sich von selbst zerstören. Doch sie hatte nichts bemerkt. Sie setzte sich zu mir, ich richtete mich hastig auf, tauchte aus meiner Betäubung auf und beantworte die Frage, von der ich gedacht hatte, ich hätte sie nicht gehört.

Sie wohnte Upper East Side, was meinen ersten Eindruck bestätigte, dass sie aus einer sehr wohlhabenden Familie stammte. Ihre Eltern hatten sich für sie in der Park Avenue eine Wohnung gemietet, die sie mit zwei Jurastudenten teilte. Ich wohnte nicht weit weg von dort, bei einer Familie, beides Rechtsanwälte, deren Zwillinge ich zwei Abende pro Woche und manchmal auch nachmittags hütete. Von ihnen bekam ich neben Kost und Logis auch etwas Taschengeld. Ich erzählte Ally, dass ich Glück gehabt hatte. Ich hätte es gut getroffen.

Von der ersten Zeit in dem kleinen fremden Zimmer, schluchzend in einem unbequemen Bett zusammengekauert, erzählte ich ihr nichts. In manchen Nächten hatte ich keine Tränen mehr gehabt, ich hatte mit offenen Augen im Dunkeln gelegen und dem sehr aggressiven Hupkonzert der amerikanischen Autos gelauscht. Ich hatte mich gezwungen, an mein Pariser Zimmer, an dem Atem meiner Schwester in der Dunkelheit, die Struktur der Bettdecke zu denken. Ich wollte mit diesem Kummer bis zum Äußersten gehen. Und das tat ich dann auch ausgiebig. Doch eines Abends war das Bett mein Refugium geworden und mein Parfüm hatte sich im ganzen Raum festgesetzt.

Ally war schon einmal in Paris gewesen. Sie liebte die französischen Comics, vor allem Bilal. Sie wollte Illustratorin werden und zeigte mir ihre Arbeiten, die ich echt beeindruckend fand. Sie zeichnete furchtbare Szenen – Frauen mit großen Brüsten, die ihr kein bisschen ähnlich waren. Ich versteckte mein Erstaunen hinter der Aussage.

Léonard wird deine Bilder mögen, er mag Blut.

Das heißt, dass sie dir nicht gefallen, sagte sie nüchtern.

Das hätte ich nicht sagen wollen. Ich denke eher, dass ich – wie so oft – einfach nicht wusste, was ich davon halten sollte. Doch das konnte ich ihr nicht gestehen, sonst hätte sie mich für total schwachsinnig gehalten. Selbst auf die Gefahr hin, sie zu kränken, war es mir lieber, wenn sie mich für intelligent und kritisch hielt. Doch es schien sie zum Glück nicht zu stören, sie deutete auf meine Zeichenmappe.

Der Gedanke, deren Inhalt im überhitzten Bus zur Schau zu stellen, war mir unerträglich, ich lehnte es rundweg ab. Sie brach in schallendes Gelächter aus. Ihr Lachen war laut wie ein Donnerhall und wollte so gar nicht zu ihrem zierlichen Hals passen. Ich fand sie ungeheuer elegant, es störte mich. Doch ich lachte mit. Sie lud mich noch für denselben Abend zum Essen ein und schrieb mir ihre Adresse auf die Rückseite meiner Mappe. Ich ließ sie machen. An diesem Abend musste ich zwar nicht auf die Zwillinge aufpassen, aber ich sagte dennoch nicht gleich zu. Sie stieg vor mir aus, fuchtelte mit den Armen und zeigte auf ihre Uhr, um mir klarzumachen, dass sie mich in einer Stunde zum Abendessen erwartete.

4. Kapitel

If I can make it here, I'll make anywhere! I want to be a part of it, New York, New York!, summte ich und einige Tanzschritte, während ich mich fertig machte. Ich hörte ein Flüstern vor meiner Zimmertür und riss sie auf. Die Zwillinge ließen sich kichernd auf den Teppich fallen.

Wenn ihr brav seid, dürft ihr reinkommen.

Sie setzten sich auf das Ende meines Bettes. Ich hatte noch nie einen Bezug zu Kindern gehabt. Ich interessierte mich nicht besonders für sie, und in meinem Bekanntenkreis gab es auch keine.

Christopher und Jimmy jedoch sagten, ich sei ihr absolut liebster Babysitter. Nun, das betrachtete ich nicht als Auszeichnung. Wie hätten sie mich auch nicht mögen können. Mein einziges Erziehungsprinzip war, dass sie mir gehorchen mussten.

Das Lied ist doof, sagte Christopher.

Und dein Rock auch, fügte Jimmy hinzu.

Christophers Gesicht war mit Sommersprossen übersät, auf den ersten Blick war es das Einzige, was ihn von seinem Bruder unterschied. Dass sie einen mochten, bedeutete nicht automatisch, dass man von Kritik verschont bleibt.

Was ist mit meinem Rock.

Er ist von Victoria's Secret.

Das hatte mich echt getroffen.

Auch wenn von Victoria's Secret ist, kann er trotzdem doof sein, sagte Jimmy.

Ich ließ ihn meine Beine umkreisen und gab zu; ihr habt Recht, ich ziehe lieber wieder die Jeans an. Also los, raus mit euch – ouste –, husch!

Ich sagte ouste auf Französisch, und sie blieben noch, nur um es noch einmal zu hören.

Es wäre wirklich albern gewesen, einen Rock anzuziehen. Ally hätte geglaubt, ich wolle sie nachahmen.

Sofort nach meinem Eintreffen schleppte sie mich zu einer Couch, auf der ein Junge und ein Mädchen herumlümmelten.

Das sind Steve und Linda, meine Mitbewohner, sagte sie. Und das ist Juliette, sie ist Französin.

Die beiden machten sich kaum die Mühe, ihre Augen vom Fernseher abzuwenden, und um ein kurzes: Hallo, wie geht's zu sagen.

Sex and the City läuft gerade, murmelte Ally.

Ich setzte meine Kennermiene auf, denn ich hatte begriffen, dass man diese Sendung kennen und unbedingt anschauen musste. Brav ließ ich mich auf einen der Sessel nieder.

Das Zimmer war geräumig und die vereinzelten Möbelstücke spiegelten sich in den großen Glasfenstern. Überall lagen Zeitschriften und Bücher neben schmutzigen Gläsern, vollen Aschenbechern oder angebrochenen Kekspackungen herum. Es sah aus wie nach einer Party. Die Unordnung in diesem Raum, den ich zwar noch nie anders gesehen hatte und nicht kannte, passte absolut nicht zu Allys Auftreten. Sie sah in ihrem getrauten Heim genauso untadelig und perfekt aus wie im Bus, und ich fragte mich, ob sie viele Stunden in ihrem Badezimmer verbrachte oder ob es ihr Naturzustand war. Steve und Linda hingegen passten ausgezeichnet in diese Umgebung. Struppig und zerzaust, wie sie aussahen, hätte man meinen können, sie wären gerade aufgestanden.

Linda spürte meine Blicke und warf mir einen herablassenden Blick zu. Ich hatte keine Zeit, eine Haltung einzunehmen, die ihrem Blick hätte standhalten können, denn es klingelte an der Tür. Hand in Hand kam ein Pärchen herein, gefolgt von einem ziemlich gut aussehenden Jungen mit Pferdeschwanz. Sie waren alle Studenten, die Wohnung schien ihr Hauptquartier zu sein. Wir waren mehr oder wenig gleichaltrig, aber dennoch gaben sie mir das Gefühl, ein Baby zu sein. Ihre Fragen beantwortete ich schüchtern, ich klammerte mich an meinem Sonderstatus als Französin, weil ich dachte, das mache mich interessant.

Doch ich hatte mich geirrt. Nachdem sie übereinstimmend erklärt hatten, Paris sei die schönste Stadt der Welt, wurde Frankreich kein einziges Mal mehr erwähnt.

Die meisten jungen Leute, die ich bisher getroffen hatte, stammten aus verschiedenen amerikanischen Bundesstaaten und lebten nun allein in New York. Meine Geschichte war also absolut nicht besonders originell. Wie schade auch, es ist doch eigentlich alles war.

Ich erinnere mich, dieses Gefühl an jenem Abend stärker als sonst gehabt zu haben. In mein Zimmer zurückgekehrt, starrte ich lange auf mein Spiegelbild. Braune Augen, kastanienbraune Haare. Keine besonderen Kennzeichen. Das stand sogar in meinem Pass. Meine Geschichte ähnelte meinem Gesicht. Zum verzweifeln gewöhnlich. Dabei hatte ich gehofft durch die Überquerung des Ozeans würde sich etwas verändern. Wie hatte ich mich nur einbilden können, mich plötzlich in eine andere Person zu verwandeln? Sinatras Lied drückte meinen Bewegungen wieder einen Rhythmus auf, vielleicht um diesen Gedanken zu verdrängen.

New York, New York, I want to wake up in a City that doesn't sleep . . .

Ich legte die CD auf, ließ sie in Zimmerlautstärke laufen und zog mich tanzend aus, so energiegeladen wie Liza Minelli in dem Film: New York, New York.

. . . and find I'm king of the hill, top of the beep, it's up to you, New York, New York . . .

Als ich so durch meine 10 qm² wirbelte, donnerte ich mit dem Arm gegen ein Regal, das mit einem Riesenkrach herunterfiel. Ich wartete einige Minuten, nichts rührte sich. Dann fing ich an, die in allen vier Zimmerecken verstreuten Bücher einzusammeln. King oft he Hill – von wegen! Ich ging ans Fenster, die Straße war ruhig, ganz anders als mein Pariser Viertel, und dennoch . . . Aufgrund dieses Unterschieds hatte ich geglaubt, alles sei möglich.

Ich legte mich ins Bett und versuchte den Takt des
Liedes zu verlangsamen, der hinter meinen Schläf-
en pochte. Hin und wieder spürte ich einen seltsam-
en Strudel in mir toben, der nicht zu beruhigen war.
Er riss mich mit sich fort, und auf einmal war nur
eine riesige Leere übrig, die in meinem Magen
gähnte. Mit der brennenden Frage: Wie kann man
eine solche Leere füllen? schlief ich ein.

5. Kapitel

Der Frühling kam schon lange vor den ersten Knospen an den Ästen. Jeder von uns arbeitete an ein individuelles Projekt, das wir im Juni vorstellen würden. Für mich, die ich nur ein Jahr an der Parson studierte, war die Beurteilung dieser Arbeit lebenswichtig. Von ihr hing es ab, welche Pariser Hochschule mich aufnehmen würde. Wir arbeiteten nebeneinander in den uns zur Verfügung gestellten Ateliers. Wenn wir nicht in der Akademie waren, gingen Michael, Léonard und ich ins Moma – das Museum für Moderne Kunst. Mit dem Zeichenblock in der Hand schlenderten wir durch die Säle und fühlten uns dabei wie die großen Künstler, die wir ja werden wollten.

Juliette, gehst du nun zu Allys Fete oder kommst du mit uns? Fragte Léonard in einem merkwürdig feierlichen Ton, als wir das Museum verließen.

Tu doch nicht so, als ob dies eine lebenswichtige Entscheidung sei, antwortete ich.

Michael machte eine Handbewegung, die besagen sollte, dass dies doch der Fall war. Doch ich ignorierte sie und fuhr fort. Es ist ganz einfach: Zuerst gehen wir zu eurem Konzert, und danach kommt ihr mit mir zu Ally. Schließlich hat sie euch auch eingeladen. Sie hat uns nicht eingeladen, weil du sie darum gebeten hast, protestierte Léonard.

Entschuldige, aber das Blue Village ist doch wohl eine Spur aufregender als eine Party bei Ally Parker, sagte Michael in demselben künstlichen Ton, den Ally manchmal hatte.

Diese umgestandene Rivalität zwischen ihnen und Ally ging mir echt auf den Geist. Nachdem die beiden anfangs von ihr total fasziniert gewesen waren, konnten sie sie inzwischen nicht mehr leiden, wahrscheinlich weil sie fast so tat, als wäre sie Luft. Ich verbrachte die Tage mit Michael und Léonard und die meisten freien Abende mit Ally und ihren Freuden. Mit ihnen hatte ich viel Spaß, mehr als mit Michael und Léonard, die ich allerdings viel interessanter fand. Wegen dieses Widerspruchs schämte ich mich ein bisschen und versuchte, nicht darüber nachzudenken. Ich sollte mit ihnen ins Blue Village gehen, eine Kneipe, in der immer hervorragende Musiker auftraten, doch im Grunde genommen hatte ich viel mehr Lust auf eine heiße Party mit Allys Freunden.

Ich wette, bei Ally wartet ein Typ auf dich, für den du dich interessierst, behauptete Léonard.

Über solche Dinge hatten wir noch nie miteinander gesprochen. Ehrlich gesagt, waren die beiden die Letzten, mit denen ich darüber reden wollte. Es entstand eine peinliche Stille, in der nur das Knacken von Michaels Fingern zu hören war.

Ich dachte an Harrison, der zweifellos da sein würde, aber ich war mir nicht sicher, ob ich seinetwegen so große Lust hatte, zu dieser Party zu gehen. Harrison war der junge Mann mit dem Pferdeschwanz, den ich am ersten Abend bei Ally getroffen hatte. Sie behauptete, er sei verrückt nach mir, was mich natürlich schmeichelte. Wir hatten uns auch schon ein paar Mal zu zweit getroffen. Langweilig war es nicht gewesen, wir hatten uns schon sogar geküsst. Er wollte, dass ich meine ganze Freizeit mit ihm verbringe. Doch das fand ich etwas übertrieben.

Ally vertrat die Theorie, auf Liebe ist kein Verlass, man sollte sich besser auf sexuelle Harmonie stützen. Ich hingegen versuchte – ohne große Überzeugung – ein romantisches Ideal zu verteidigen. Doch es stimmte, letzten Endes war Sex vermutlich doch die sichere Basis, ich konnte zumindest versuchen daran zu glauben, dass es auch mir passieren könnte. Beim Gedanken an Liebe hatte ich immer den Eindruck, als müsste ich mich verstellen. Ich wollte so gerne verliebt sein, dass ich versuchte, mir einzureden, ich sei es, was allerdings recht enttäuschend war. Die gefahrlose Intensität meiner Träume war mir irgendwie lieber.

Ally redete gerne und endlos mit mir über diese Dinge, meist während wir einen nackten Mann zeichneten, der bei uns um Zeichenunterricht als Modell stand. Ich traute mich nicht, ihr zu sagen, dass mir diese Themen peinlich waren. Doch ich nehme an, dass sie es bemerkt hatte und absichtlich weiterbohrte.

Eines Tages sagte sie: Weißt du, um im Bett gut zu sein, muss man sich möglichst viele Pornofilme anschauen.

Echt? Und das machst du?

Du nicht?

Nein.

Ausnahmsweise hatte ich sie diesmal nicht an-
geschwindelt. Ich hatte schon mit erfundenen Lieb-
schaften in Paris geprahlt, und sie dachte vermutlich, sie hätte in mir jemanden mit viel Erfahrung vor
sich.

Das solltest du aber tun, woher willst du sonst
wissen, wie Männer es im Bett am liebsten haben?
Nervös senkte ich den Blick auf meine Skizze und
schielte dann verstohlen zu meinen Nachbarn, die
jedoch taten, als hätten sie nichts gehört. Wie hast
du dann beim ersten Mal Bescheid gewusst, fragte
sie nach.

Ich flüsterte: Ich weiß nicht, ich habe es einfach
gewusst, das ist alles.

Etwas skeptisch fuhr sie fort: Bei Fellatio ist es
genau dasselbe, ein Pornofilm ist der beste Lehr-
meister. Ich hörte auf zu zeichnen. Meine Augen
starrten auf das Geschlechtsteil des jungen Mann-
es, der uns im Atelier als Modell stand. Verlegen
schaute ich schnell wieder weg, ohne zu wissen,
wohin ich sonst blicken konnte. Ich begreife nicht,
was dich daran schockiert, flüsterte Ally mit einem
spöttischen und vermeintlichen, unechten Grinsen.

Ich versuchte mich wieder zu fassen und drehte
mich zu ihr.

Sie war bildhübsch, die Haare hatte sie längst um
einen Bleistift zu einem Knoten gewickelt. Ich ver-

suchte mir vorzustellen, wie sie bei einem Mann Fellatio machte, verscheuchte dieses Bild jedoch rasch wieder und sagte: Ich finde, in unserem Alter muss man solche Dinge nicht unbedingt schon gemacht haben, wir haben noch Zeit.

Ich begann wieder zu zeichnen.

Du hast es noch nie getan, stimmt's? flüsterte sie.

Ich reagierte nur mit Achselzucken. Bis zum Ende der Stunde haben wir kein Wort mehr gewechselt.

Léonard verließ das Museum als erster. Wir gingen schneller, um ihn einzuholen.

Nun, mich wundert es nicht, sagte Michael, um das Schweigen zu brechen.

Was wundert dich nicht? fragte ich.

Na, dass du einen Boyfriend hast.

Ich versuchte, meine Verwirrung zu verbergen.

Sollte das ein Kompliment sein?

Er blieb mir die Antwort schuldig.

6. Kapitel

Ich beschloss, ins Blue Village zu gehen. Vielleicht hätte ich mich ohnehin nichts vor dem bewahrt, was mich dort erwartete.

Ich war sehr spät dran. Das Konzert hatte schon begonnen, und als ich mich an den Tischen vorbeidrückte, hatte ich das unangenehme Gefühl, dass mich trotz Dunkelheit alle anstarrten. Michael und Léonard empfingen mit einem vorwurfsvollen Blick, ich begann vor Verlegenheit zu kichern. Überall hörte man pssst . . . Als ich mich setzte, traf mich der dunkle und eiskalte Blick des Gitarristen. Wie vom Blitz getroffen sank ich auf meinen Stuhl. Ich schaute zu den anderen Musikern hinüber. Michael reichte mir ein Glas, ohne mich zu bedanken, nahm ich es entgegen und trank es in einem Zuge aus. Als ich wieder aufblickte, starrte mich der Gitarrist noch immer an. Er war sehr braun, mit glatten Indianerhaaren, und auf seinem Gesicht lag ein ironischer Ausdruck, obwohl er absolut nicht lächelte. Er hatte lange Finger, die an den Saiten seiner Gitarre auf und ab huschten.

Dieser Typ ist der helle Wahnsinn, sagte jemand hinter mir.

Ich musste mich nicht umdrehen, um zu wissen, von wem die Rede war. Noch nie hatte ich jemanden so spielen sehen. Er schloss die Augen, sein Instrument schien mit seinem nach vorne gebeugten Körper verwachsen zu sein. Die Nähe der anderen war mir plötzlich peinlich. Als er die Augen wieder aufmachte, blickte er woanders hin. Er spielte und ich presste meine Handflächen aufeinander, um ihr Zittern zu unterdrücken. Ich war zu keiner Bewegung mehr fähig und hatte Mühe, meine Tränen zurückzuhalten.

Und? Hat es dir gefallen?

Erst durch das Geräusch verschobener Stühle wurde mir bewusst, dass die Musik aufgehört hatte. Die Bühne war leer, nur die Gitarre lag noch auf dem Hocker. Ich nickte, unfähig, auch nur einen Ton von mir zu geben. Bob, der Wirt und ein Kumpel von Léonards Vater, spendierte uns ein zweites Getränk.

Das war super, sagte Léonard.

Ihr seid jederzeit willkommen! Nicht wahr, sagte Bob und fuhr mir übers Haar.

Zu gerne hätte ich diese unerwartete Geste der Zuneigung zum Anlass genommen, mich wie beiläufig danach zu erkundigen, wann und wo die Musiker als Nächstes auftraten. Doch ich traute mich nicht. Ich wurde wütend auf Michael und Léonard, die mit keiner Silbe darauf zu sprechen kamen, was mich so brennend interessiert hätte. So erfuhr ich nur, dass die meisten Bands im Blue Village mehrmals hintereinander auftraten. Allys Party hatte ich total vergessen. Weder Michael und Léonard erwähnten sie.

Wie meine Schule befand sich das Blue Village in einem Viertel, gemeinhin als Village bekannt war.

Hier gab es jede Menge Bars, Restaurants, Galerien und Läden – eben alles, was in war.

Im nördlicher gelegenen Teil Manhattans kreuzen sich die breiten Straßen in einem regelmäßigen Muster, im Village verwandeln sie sich wie Europa in ein kreuz und quer verlaufendes Gewirr.

Wir gingen eine Weile im Schein der Straßenlaternen dahin. Die Nachtluft tat mir gut, nach und nach fand ich meine Sprache wieder. Wir hielten ein Taxi an, das mich nach Hause bringen sollte.

In New York braucht man nur zu winken egal zu welcher Tages- und Nachtzeit, und schon hält eines der legendären gelben Autos mitten auf der Fahrbahn an. Ich konnte es mir leider nicht sehr oft leisten, doch wenn ich gekonnt hätte, hätte ich täglich die Hand gehoben, allein wegen des Vergnügens, mich auf eine durchgesessene Sitzbank gleiten zu lassen und ganz lässig eine Adresse anzugeben, als ob ich schon ewig dort wohnen würde.

Hinter der Glasscheibe, die uns trennte, beobachtete ich die Bewegungen des Fahrers, ich sah Robert de Niro in Taxi Driver vor mir. Was einem die Taxifahrer erzählten, kam wegen der ruckartigen Fahrweise nur teilweise bei mir an und ich verstand auch nicht alles, hörte ihnen aber für mein Leben gern zu. Sie fuhren grundsätzlich zu schnell über die schlechten Fahrbahnen. Das Taxi brauste dahin, ich fühlte mich berauscht wie nach einer wilden Achterbahnfahrt. Es fühlte sich auch an, als ob der Fahrzeugraum mit Drogenrauch benebelt wurde.

In dieser Nacht verpasste ich mein Rendezvous mit Robert Redford. Ich sah nur noch den Musiker und seine Hände auf der Gitarre.

7. Kapitel

Ich hatte große Lust, mit meiner großen Schwester zu reden, doch sie machte Urlaub in Südfrankreich. Seit ich in New York war, hatten sich die Telefonrechnungen meiner Eltern vervierfacht. Natürlich schrieb ich auch lange Briefe, aber manchmal musste ich einfach die Nummer von zu Hause wählen. Dieser einfache Vorgang genügte, und schon war Emmas vertraute Stimme mir ganz nah. Zeit und Entfernung waren aufgehoben.

Ich konnte nicht mehr aufhören, an diesen süßen Gitarristen zu denken, den ich vermutlich nie im Leben wiedersehen würde. Doch ich sagte keinen Ton. Ich musste unbedingt noch einmal ins Blue Village gehen. Michael und Léonard wollten, warten bis ein neues Konzert auf dem Programm stünde. Ich wusste nicht, wie ich es ihnen begreiflich machen sollte, dass ich lieber noch einmal in dieselbe Veranstaltung gehen würde. Ich hatte die Hoffnung fast schon aufgegeben, als Léonard uns zu einer Party einlud, die speziell für die im Blue Village auftretenden Musiker organisiert wurde.

Ich stand eine halbe Stunde zu früh vor der Kneipe, weshalb ich mich in einiger Entfernung auf eine Stufe setzte und vorgab, in eine Zeitschrift vertieft zu sein. Mehrere junge Männer mit einem Gitarrenkoffer kamen vorbei, doch keiner sah wie ein Indianer aus. Ich ging hinter Michael und Léonard in das Lokal und erkannte es nicht wieder. Die Tische waren entfernt worden und eine tobende Menge füllte den Raum. Sehr schnell war ich sicher, dass er nicht da war, und ließ mich von Leuten anrempeln, die sich im Rhythmus der Musik bewegten. Léonard packte meine Hand. Seine Energie war ansteckend und ich schnappte mir Michael, damit er mitmachte. Es war das erste Mal, dass wir zusammen tanzten.

Im Dämmerlicht der Theke war Robert Redford aufgetaucht, der meine Verrenkungen mit Argusaugen beobachtete. Im Halbdunkeln wusste nieman, wen ich so strahlend anlächelte, und außerdem – wen hätte es schon interessiert.

Die ersten Blätter sprossen und ihre Schatten zeichneten neue Figuren auf die New Yorker Gehwege.

Ich jedoch blieb dieselbe.

Wenn ich nun aus der Schule kam, war es noch hell.

Die Sonne blendete mich, als ich nach Hause ging. Ich hatte ein bisschen Angst, Allys Kumpel Harrison, dem ich seit einigen Wochen aus dem Weg ging, würde plötzlich auftauchen. Doch dann sah ich im Schatten eines Torbogens den Gitarristen aus dem Blue Village. Hektisch begann ich, in meiner Tasche zu wühlen, als ich auf einmal hörte: Ich wollte dich sehen.

Vor lauter Nervosität rutschte mir die Tasche von der Schulter und meine ganzen Sachen verteilten sich auf der Erde. Wir gingen beide in die Hocke und begannen, meine Habseligkeiten wieder hereinzustopfen. Seine Augen waren nicht schwarz, sondern grau. Ich hatte meinen doofen Rock angezogen und dabei gedacht, dass er niemanden auffallen würde. Jedenfalls ging ich danach wie ein Roboter die Straße entlang, er ging neben mir. Er war groß.

Verzweifelt suchte ich nach einer geistreichen Bemerkung, und erst nach und nach dämmerte mir, was er vorhin gesagt hatte. Warum hätte er mich sehen wollen? Und selbst wenn er sich noch an mich erinnerte, wie hatte er mich überhaupt finden können? In meinem Kopf überschlugen sich die Fragen. Er nahm mir meine Zeichenmappe und meine Tasche ab. Ich hatte nichts dagegen. Doch dann wusste ich nicht mehr, wohin mit den Händen, und faltete sie auf dem Rücken. Wir kamen am Washington Square an. Er schaute mich an. Er hatte denselben, etwas zynischen Gesichtsausdruck wie am ersten Abend, eine Art Lächeln, ohne zu lächeln. Ich wandte den Kopf ab und dachte an den Anfang von La vie en rose, ein Chanson von Edith Piaf, das Mama so liebt, ich aber immer etwas altmodisch gefunden hatte:

> „Des yeux qui font baisser les miens,
> un rire qui se perd sur sa bouche,
> voilà le portrait sans retouche
> de l'homme auquel j'appartiens.
> Quand il me prend dans ses bras . . .“

Deutsche Übersetzung:

„Augen, vor denen ich den Blick senke, ein Lächeln, einsam auf seinem Mund so sieht im Original der Mann aus, dem ich gehöre. Wenn er mich in seine Arme nimmt . . .“

Wir hatten immer noch kein einziges Wort gewechselt. Schwiegen uns immer noch an, und in Gedanken freute ich mich sehr.

8. Kapitel

Wir gingen weiter, am Denkmal im Park vorbei, und waren über fünfzig Blocks von meinem Ziel entfernt. So allmählich hätte ich mich nach meinem Bus umschauen müssen, doch ich hatte Angst, dass jede Veränderung des Rhythmus unserer Schritte ihn zur Flucht veranlassen würde. Er machte keinerlei Anstalten, irgendein Gespräch in Gang zu bringen.

Ich bin Französin, komme aus Paris und heiße Juliette.

Ich weiß, antwortete er.

Diese Antwort ließ eine wahnwitzige Hoffnung in mir aufglimmen.

Und du?

Taddei.

Bist du Amerikaner?

Zumindest auf dem Papier.

Ich dachte, er spiele auf seine dunkle Haut und seine typischen Gesichtszüge an.

Woher stammst du?

Keine Ahnung.

Wo wurdest du geboren?

Keine Ahnung.

Ich dachte, dass meine Neugierde ihm zu viel wurde, und schwieg lieber.

Nach einer Weile sagte er: Ich wurde an dem Tag geboren, an dem man mich in ein Waisenhaus gebracht hat. Was davor war, weiß ich nicht mehr.

Seine Stimme klang neutral.

Ich nickte und fragte nur: Lebst du schon lange in New York?

Seit genau drei Jahren. An meinem achtzehnten Geburtstag bin ich gegangen . . . wegen der Musik.

Er erzählte von seinem Musiklehrer, der ihn dazu ermutigt hatte, in New York sein Glück zu versuchen, und der ihm auch zu seinen Engagements als Musiker verhalf. Er wohnte in einem Appartement in Brooklyn. Ich hätte ihm gerne gesagt, wie toll ich ihn fand, brachte jedoch kein Wort heraus. Er träumte davon, nach Paris zu gehen. Ich erzählte von meiner Straße, von dem Summen der oberirdischen Metro, den blauen und grünen Fresken an der Wand des Cafés auf der anderen Straßenseite. Ich erzählte von den französischen Liedern, die man in den amerikanischen Sendern nicht hört. Er kannte Edith Piaf, weil Grace Jones einer Coverversion von La vie en rose aufgenommen hatte.

Er summte: „Quand il me prend dans ses bras, qu'il ne parle tout bas, je vois la vie en rose . . .“
Deutsche Übersetzung:
„Wenn er mich in seine Arme nimmt, ganz leise zu mir spricht, sehe ich das Leben durch eine rosarote Brille . . .“

Ich lachte wegen seines Akzents und weil er die Wörter ungebunden und einzeln hintereinander aussprach. Ich übersetzte sie ihm nicht, doch ich spürte dass er ihre Bedeutung kannte. Als wir am Central Park ankamen, überfiel mich eine große Müdigkeit, ich spürte meine Füße nicht mehr. Ich setzte mich auf eine Parkbank, und streckte meine Füße ein wenig aus.

Er blieb stehen. Ich wollte nicht, dass er wegging.

Spielst du bald wieder im Blue Village?

Ich spiele jeden Abend in einer anderen Kneipe, außer sonntags.

Ich würde gerne mitkommen.

Er machte eine Bewegung, die ich nicht zu deuten wusste. Um meine Verlegenheit zu überspielen, fragte ich ihn nach der Uhrzeit. Er hob seinen Arm, und ich rief aus: Ich muss gehen!

Er machte einen kleinen Schritt rückwärts.

Dann bis bald.

Es war mir vollkommen egal, dass ich zu spät erscheinen würde, und ich wollte gerade den Mund öffnen, um es ihm zu sagen, doch er entfernte sich schon mit großen Schritten.

Seine Silhouette verschwand hinter den Hochhäusern. Verflixt, ich wusste nicht, wie die Kneipe hieß, in der er spielte.

Ohne auch nur einmal stehen zu bleiben, eilte ich nach Hause . . .

In der Diele wurde ich bereits von den Zwillingen erwartet.

Mama wird mit dir schimpfen.

Außer Atem erzählte ich etwas von einem überraschend angesetzten Kurs, und die Mutter der Zwillinge verschwand.

Du musst uns bei den Hausaufgaben helfen, sagte Christopher.

Einen Moment noch, ich muss erst verschnaufen.

Wir sind schon spät dran.

Zwei Minuten, ich muss kurz in mein Zimmer.

Das geht nicht, du musst das Abendessen für uns machen und . . .

Ich sagte: zwei verdammte Minuten!

Sie hatten mich noch nie zuvor brüllen hören und verstummten augenblicklich.

Als ich wieder auftauchte, waren ihre Schulsachen auf dem Esszimmertisch ausgebreitet.

Soll ich euch Crêpes backen?

Aus ihren Blicken konnte ich schließen, dass das noch nicht reichte, damit sie mir verzeihen würden. Ich begann mit der Zubereitung des Crêpe-Teigs.

Jimmy kam vorsichtig näher, und fragte mich: Bist du böse?

Nein, nur etwas angespannt, erklärte ich ihm.

Wirst du nach Paris zurückgehen?

Ich hob den Kopf – Jimmy sprach oft von meiner Abreise.

Jimmy, erst Ende Juni werde ich nach Hause zurückgehen – egal was passiert. Ich fügte hinzu: Aber nicht früher, das verspreche ich dir.

Er sagte nichts mehr und setzte sich in meine Nähe.

Warum bist du angespannt? fragte Christopher nach einer kurzen Weile.

Ich wusste nicht, was ich ihm antworten sollte.

Du siehst auf jeden Fall hässlich aus, wenn du angespannt bist.

Ich ließ den Crêpe-Teig stehen und stellte mich vor dem Spiegel in der Diele. Ich versuchte, mein Aussehen durch ein Lächeln zu verbessern, doch es wirkte so verkrampft, dass ich eher wie ein Affenweibchen aussah. Meine Haare hingen glatt und leblos herunter, meine Haut war farblos. Ich musste ihm Recht geben.

Stimmt, toll sehe ich nicht aus.

Wahrscheinlich war Taddeis „Bis bald" nur so dahingesagt gewesen. Doch ich bemühte mich tapfer, vor den Jungs meine Würde zu bewahren.

Du bist hinter einem Mann her, stimmt's, sagte Christopher.

Ich ließ die Würde, Würde sein und sank erschöpft auf die Couch.

Es ist sowieso zu spät, er hat mich in diesem Zustand gesehen.

Christopher stieß einen theatralischen Seufzer aus.

Hat er sich mit dir verabredet? fragte Christopher.

Manchmal hasste ich diesen kleinen Jungen.

Ich hätte mich mit dir verabredet, versuchte mich sein Bruder zu trösten.

Ich stand wieder auf und rührte den Crêpe-Teig.

„Je m'en fous pas mal, il peut m'arriver n'importe quoi, je m'en fous pas mal . . ."
Deutsche Übersetzung:
„Es ist mir ganz egal, was mir geschieht, es ist mir ganz egal . . ."

So allmählich mochte ich Edith Piafs Lieder.

9. Kapitel

Am nächsten Morgen musste ich eine halbe Stunde im Bad verbringen, bis die Zwillinge nach mir konnten, dass man meinem Gesicht die Krise vom Vortag nicht mehr ansah. Einen Großteil der Nacht hatte ich vor mich hin gesummt, ich geriet in den Sog sich ständig wiederholender Songs, und ganz unten im tiefsten Abgrund befand sich Taddei. Beim Frühstück brachte ich keinen Bissen herunter.

Vor der Schule standen Ally, Michael und Léonard in ein Gespräch vertieft. Mit Unschuldsmiene erkundigte ich mich: Was ist? Habt ihr ein Tratschverein gegründet?

Dann stimmt es also, was man sich erzählt, sagte Ally süffisant.

Warum trägst du eine schwarze Brille? fragte mich Léonard.

Ich ging direkt an meinen Platz.

Und? flüsterte Ally und setzte sich neben mich.

Nichts und! Er hat mich nur abgeholt.

Hinter mir hörte ich Michaels Finger knacken. Ich hielt mir die Ohren zu.

Bitte, bitte, nicht heute früh.

Er fuhr zusammen, als sei er ertappt worden.

Du willst mir doch nicht weismachen, dass du es normal findest, dass dieser Typ dich abholt, fuhr Ally fort.

Nein, es hat mich gewundert.

Wohin seid ihr gegangen?

Nur ein kleines bisschen spazieren.

Und er hat dich geküsst, stimmt's?

Aber nein, ich weiß nicht einmal, was er wollte.

Manchmal kannst du ganz schön naiv sein, protestierte Ally. Glaubst du wirklich, dass er mit dir spazieren gehen wollte? Du gefällst ihm und er möchte mit dir schlafen?

Meinst du wirklich?

Ich an deiner Stelle wäre ganz schön vorsichtig.

Ich hätte sie liebend gern zum Schweigen gebracht, doch nichts auf der Welt hätte ihren Wortschwall stoppen können.

Ich habe mich erkundigt, es ist ein undurchsichtiger Typ, man weiß nicht genau, wer er ist. Er spielt in Kneipen, ist hinter Frauen her. Du solltest dir auf jeden Fall ein paar Kondome besorgen. Ich weiß aber nicht einmal, ob du überhaupt das Risiko eingehen solltest, mit ihm alleine zu sein.

Aha! Du hast dich also erkundigt. Ich glaube, ich träume! Und warum sollte er undurchsichtiger sein, als dein Harrison?

Von Harrison weiß man zumindest, woher er abstammt und kommt.

Nur weil er eine gute Schule besucht und weil sein Vater Kohle hat, kannst du ihm vertrauen.

Juliette, sei nicht so aggressiv, ich will dich nur warnen. Ich habe große Angst um dich. Außerdem scheinst du ganz schön diesen geilen Typen abzufahren, meinst du etwa nicht?

Zum Glück, kam in diesem Moment der Lehrer herein, was mir das Antworten ersparte.

Nach dem Unterricht ging ich zu Léonard und fragte ihn: Kannst du deinen Onkel fragen, in welcher Kneipe Taddei zurzeit spielt? Würdet ihr mit mir zu seinem nächsten Auftritt gehen?

Léonard und Michael starrten mich nur merkwürdig an.

Was ist los?

Michael ließ kräftig seine Fingerknöchel knacken.

Vielen Dank, zu freundlich von dir, sagte Léonard dann, aber wir sind nicht deine Bodyguards.

Höchste Zeit, dass euch das auffällt, meinte Ally.

Was ist nur in euch gefahren? Ich habe es doch nur nett gemeint.

Da können wir ja von Glück sagen, murmelte Léonard und beschleunigte seine Schritte.

Ich konnte nichts anders – ich musste einfach auf den gegenüberliegenden Gehweg schauen. Taddei stand dort.

Ich murmelte: Ich muss zu ihm.

Ich wandte mich an meine Freunde: Es macht euch doch nichts aus, oder? Sehen wir uns morgen?

Michael sagte lachend: Falls du unseren Segen brauchst . . .

Ich hätte ihnen gerne alles erklärt, die Empörung aus ihren Gesichtern löschen wollen, doch es zog mich wie magisch auf die andere Straßenseite zu Taddei hin.

Ich überquerte die Straße. Hinter mir hörte ich Ally rufen: Denk an meine Worte!

Wie am Vortag nahm Taddei mir meine Sachen ab. Ally, Michael und Léonard standen da wie die Ölgötzen. Wir gingen wieder denselben Weg, doch nach einigen Schritten blieb er stehen und fragte: Wie viel Zeit hast du?

Ich dachte: Zeit wofür? Und stotterte: Ich . . . ich weiß nicht, um vier muss ich die Kinder von der Schule abholen.

Gut, dann haben wir zwei Stunden.

Ich suchte eine Ausrede, um mich ihm nicht völlig auszuliefern. Doch er zerstreute meine Befürchtungen: Wenn du willst, können wir im Park spazieren gehen, wir müssen nur den Bus nehmen.

Im Bus schielte ich völlig verstohlen zu meinem Spiegelbild im Fenster.

Als er ob Gedanken lesen könnte, sagte Taddei: Du bist schön genug für die Welt.

Bis ich mich schließlich traute, den Kopf zu heben, blickte er zum Fenster hinaus und ich dachte, ich müsse mich verhört haben. Er hatte eine lange, gerade Nase und ausgeprägte Wangenknochen. Ich hätte ihn gerne gezeichnet, sein Mund war perfekt geformt. Dieses Mal schaute ich nicht weg. Er gab mir einen Kuss. Dann nahm er meine Hand und presste sie an sich. Im Park setzten wir uns auf den Rasen. Die Sonne stand hoch am Himmel, unter ihren Strahlen kam ich mir blass vor. Ich redete albernes Zeug daher: In Frankreich darf man sich in Parks nicht auf den Rasen setzen, dort sind Unterschiede zwischen den Jahreszeiten nicht so ausgeprägt . . .

Er beugte sich erneut zu mir, sein Gesicht war so dicht an meinem, dass ich nur noch das Grau in seinen Augen sah. Ich legte meine Lippen auf seine, und mein Atem setzte aus. An seinem Hals bekam ich wieder Luft. Er spielte mit meinen Haaren. Ich sah, wie sie sich um seine Finger ringelten wie tropische Lianen unter einem weißen Himmel.

Vor der Schule der Kinder ließ er meine Hand los. Ich lehnte mich an eine Mauer. Die Jungs stürzten sich auf mich.

In manchen Nächten, in der Dunkelheit meines Zimmers, drückte ich das Kopfkissen an meinen Körper, umarmte und küsste es, so gut ich konnte, und schob den bitteren Stoff irgendwann von mir. Mein Körper rieb sich an den rauen Betttüchern, meine Hände erkundeten ihn, ich fand mich weich. Manchmal schaltete ich das Licht wieder an, sprang zum Spiegel und betrachtete meine Nacktheit. Sie ängstigte mich, wie ein Gespenst. Fiebrig legte ich mich wieder hin, kuschelte mich unter die Bettdecke und murmelte:

„Quand il me prend dans ses bras,
qu'il me parle tout bas,
je vois la vie en rose,
il me dit des mots d'amour,
des mots de tous les jours
et ça me fait quelque chose

alors je sens en moi,
mon cœur qui bat . . .“

Deutsche Übersetzung:

„Wenn er mich in seine Arme nimmt, ganz leise zu mir spricht, sehe ich das Leben durch eine rosarote Brille, er sagt mir Liebesworte, Alltagsworte, das bringt etwas in mir zum Schwingen, und sobald ich ihn erblicke, dann spüre ich in mir mein Herz, das klopft . . .“

Mein Herz klopfte so stark, dass ich wie benommen war, das hielt mich wach und munter.

10. Kapitel

Im Park blühte der Flieder. Taddei kam jeden Tag. Das Laub und der Rasen hatten eine intensiv grüne, fast unwirkliche Farbe. Alle Düfte vereinigten sich in seiner Halsbeuge, ich kuschelte mich dort ein und ließ mich von seinem Geruch durchdringen. Er hielt mich im Arm, bis es Zeit war, sich zu trennen. Ich arbeitete nicht mehr, alles war mir egal. Ally warnte mich, doch ich hörte nicht auf sie, innerlich summte ich:

> „Je m'en fous pas mal,
> il y a ces bras qui m'enlacent
> il y a son corps où j'ai chaud
> il y a sa bouche qui m'embrasse,
> ah mon amant ce qu'il est beau.
> Je m'en fous pas mal
> et ce que les gens pensent de vous je m'en
> fous."

Deutsche Übersetzung:
„Es ist mir ganz egal, bei diesen Armen, die mich halten, bei diesem Körper, der mich wärmt, bei diesem Mund, der mich küsst, ah, wie schön ist mein Geliebter. Es ist mir alles egal, und was die Leute von einem denken, ist mir egal."

An einen Freitag sollte ich ihn spielen hören. Ausgerechnet für diesen Abend hatte Ally eine Party angesetzt. Ich wollte gern mit Taddei hingehen und mit ihm tanzen, traute mich aber nicht, es ihm zu sagen. Er hatte noch nie Kontakt zu meinen Freunden gesucht, wahrscheinlich weil er spürte, dass sie ihn ablehnten.

Am Freitagnachmittag saßen wir am Ufer des Sees mitten im Park. In unserer Nähe rannten schreiende Kinder hintereinander her, Frauen und Männer spielten Baseball. Etliche Pärchen hatte es sich gemütlich gemacht. Er folgte meinem Blick und sagte: Ich wäre gerne mit dir allein.

Sein ehemaliger Musiklehrer wohnte zurzeit bei ihm.

Wann können wir?

Morgen muss ich wegfahren, aber wenn ich zurück bin, können wir alleine sein.

Wohin gehst du?

Ich spiele mit meiner Band in New Orleans, in vierzehn Tagen bin ich wieder da.

Überrascht ließ ich seine Hand los und schlang die Arme um die Knie.

Warum hast du mir das nicht früher gesagt?

Mit festem Griff nahm er wieder meine Hand: Ich hatte gehofft, die Sache würde ins Wasser fallen. Ich habe keine Lust, dich zu verlassen.

Schon einige Stunden ohne ihn, wogen schwer wie etliche Zementblöcke. Was wären dann vierzehn Tage . . .?

Er rückte näher, streichelte mich durch den Stoff meiner Kleidung hindurch. Ich schob meinen Pulli hoch und legte seine Hände auf meine Haut. Ich drückte mich an ihn, wäre ihm gern noch näher gewesen. Meine Finger glitten unter sein T-Shirt und ich streichelte seinen nackten Rücken. Sein Blick flackerte und wurde dann starr. Einen Moment lang blieben wir reglos. Dann flüsterte er: Ich hätte solche Lust auf dich.

Ich habe es noch nie getan.

Er antwortete nicht, drückte mich noch enger an sich. Ich hatte plötzlich keine Angst mehr. Ich wollte nicht länger warten.

11. Kapitel

Die Kneipe erinnerte an das Blue Village. Ich bereute, mich in die erste Reihe gesetzt zu haben. Die Scheinwerfer blendeten mich. Taddei war zu nahe. Beim Spielen ließ er mich keine einzige Sekunde aus den Augen. Er sang auch und ich errötete. Am liebsten wäre ich irgendwo im Schatten verschwunden.

Zwischen zwei Stücken flüchtete ich in eine hintere Ecke des Raums. Einige Minuten später erschien eine junge Frau herein und lehnte sich an die Theke. Sie war dunkelhaarig und recht hübsch. Sie schaute zur Bühne, ihr und Taddeis Blick trafen sich. Sofort spürte ich, dass sie sich kannten. Ich biss mir auf die Lippen, in meinem Mund schmeckte es nach Blut. Als die Musik aufhörte, ging sie zu ihm und sprach lebhaft auf ihn ein, sie zog seine Hemdzipfel zurecht, die beim Spielen auseinander gegangen waren. Er zuckte zurück, sie knöpfte einen Knopf an seinem Kragen zu. Mit einem Winken verließ sie dann wieder den Raum.

Sein Blick suchte mich, doch ich sprang überstürzt auf und schloss mich in einer der Toiletten ein, wo ich mich an die Tür lehnte. Ich hörte ihn nach mir rufen.

Juliette, bist du da drin?

Ja, kleinen Moment bitte.

Ich mochte es, wie er meinen Namen aussprach. Seine Stimme hatte einen rauen Tonfall, als ob sie am Satzende zusammenbrechen würde. Es war süß von ihm, nach mir zu suchen.

Ich wischte meine Tränen ab und fuhr über die Haare, ehe ich zu ihm ging.

Ich hatte beschlossen, nichts zu sagen. Doch auf der Straße war es mit meinem Entschluss vorbei.

Wer war das?

Eine Freundin?

Hast du mit ihr schon einmal geschlafen?

Eine Weile sagte er nichts, dann: Juliette, ich habe schon mit mehreren Frauen geschlafen.

Ich stellte mir vor, wie diese Frau sich über ihn beugte. Dieses Bild wurde überlagert von der Erinnerung an Ally, wie sie über Pornofilme gesprochen hatte. Ich machte ein paar Schritte von ihm weg.

Er fügte hinzu: Aber jetzt gibt es nur noch dich für mich.

Ich hatte große Lust, ihn zu schlagen, und trat mit dem Fuß gegen einen Briefkasten. Er wollte meinen Arm nehmen, doch ich stieß ihn zurück. Ich muss gehen, ich möchte noch zu Allys Party.

Ohne mich?

Er betrachtete mich kühl. Wie ein eiserner Vorhang überfiel mich auf einmal ein Schmerz.

Ich protestierte: Nein, nein du kannst natürlich mitkommen. Ich konnte nicht mehr zurück.

Die Musik war bis auf die Straße zu hören, die Tür stand auf, und unsere Ankunft fiel niemanden auf. Wir wurden angerempelt und ich verlor Taddei im ganzen Gewühl. Fieberhaft suchte ich nach ihm, ohne die Leute zu beachten, die mich grüßten. Ich wollte ihn nicht verlieren.

Plötzlich umschlangen mich Harrisons Arme, ich wehrte mich, bis ich begriff, dass er nur tanzte.

Hey, ich habe gehört, dass du dich verliebt hast!

Dazu hatte ich nicht zu sagen. Ich überlegte fieberhaft, wie ich mich aus dem Staub machen könnte, als ich hinter mir seine tiefe Stimme hörte: Sie ist mit mir zusammen, und glücklich.

Wir gerieten ins Taumeln. Wie ein paar Betrunkene klammerten wir uns einander.

Es erschienen immer mehr Leute, die Luft war unerträglich geworden. Wir hatten Lust wegzugehen, wussten aber nicht, wohin.

Ich schleppte Taddei ins Badezimmer und schloss ab.

Hier haben wir wenigstens unsere Ruhe.

Er lächelte etwas schief.

Wir können uns doch nicht hier einschließen.

Die Stille in dem kleinen Raum bildete einen angenehmen Kontrast zum Lärm draußen. Die Dunkelheit hüllte uns ein. Wir standen so nah, dass ich nicht mehr atmen konnte. Ich spürte sein Kinn an meinem Schenkel. Wir ließen uns auf den Boden gleiten. Ein hämmern an der Tür ließ uns hochfahren. Wir hatten uns nicht geliebt.

Ist jemand da drin?

Ich hinderte ihn daran, das Licht anzumachen. Im Dunkeln half er mir, mich wieder anzuziehen. Ich ging zuerst hinaus und wich dem Blick der Person aus, die angeklopft hatte. Ohne zu warten kuschelte ich mich in eine Ecke. Ich wusste nicht mehr, was ich tun sollte.

Möchtest du? fragte Michael und reichte mir eine Zigarette.

Ich steckte mir die Zigarette in den Mund.

Darf ich dich erinnern, dass du nicht rauchst, merkte er an.

Warum bietest du mir dann eine an?

Er zuckte mit den Schultern. Ich tat, als ob ich rauchte, und sagte: Was machst du?

Ich schaue Léonard beim Flirten zu.

Ich dachte: Weißt du Michael, sei mir nicht böse, an deiner Stelle wärst du genauso wenig da wie ich. Aber leider wusste ich die Wörter nicht, die ich gebraucht hätte, um zu erklären, was mit mir los war. In einiger Entfernung erblickte ich Taddei, der an eine Wand gelehnt stand und rauchte. Seine Umgebung war ihm offensichtlich gleichgültig. Im allgemeinen Gewühl gab er einen einsamen und seltsamen Anblick ab. Ich fragte mich, was ihn berühren könnte. Eine Riesenlast lag auf meiner Brust. Plötzlich entdeckte er mich und lächelte mir zu, bevor ich den Kopf abwenden konnte. Ich lächelte zurück und ging dann ohne zu zögern auf ihn zu. Ich war leicht geworden.

12. Kapitel

Er reiste nach New Orleans ab, ohne das wir darüber gesprochen hätten, was im Badezimmer passiert war. Zu gerne hätte ich am Telefon mit jemandem geredet, der mir nahe stand, doch jedes Mal fehlten mir die Worte.

Wenn Ally mir irgendwelche Fragen stellte, antwortete ich scherzend – so, als ob ich die wäre, für die sie mich hielt. Ich fühlte mich einsam, sehr einsam.

Einen Tag nach Taddeis Abreise bekam ich einen winzigen Strauß Veilchen mit der Botschaft: „Du fehlst mir." Ich wusste nicht, wo er steckte. Jedes Mal, wenn das Telefon klingelte, hielt ich die Luft an. Den Zwillingen war das aufgefallen und sie riefen immer meinen Namen, wenn es läutete, als ob das Gespräch für mich sein könnte. Und wenn ich dann zum Telefon stürzte, brachen sie in lautes Gelächter aus. Ihretwegen verlor ich jede Hoffnung, die ich jemals in Telefonleitungen gesetzt hatte.

Die Tage, die Stunden, die Minuten spannen ihr Netz um mich. Ich war eine Gefangene, konnte mich nicht mehr konzentrieren. Ich klammerte mich an stupide Tätigkeiten wie das Bett machen, mir die Zähne putzen und Abendbrot essen. Ohne es zu wollen, halfen mir Michael und Léonard, indem sie die Abschlussarbeiten für dieses Semester erwähnten. Ich vertiefte mich wieder in die Arbeit und holte die verlorene Zeit innerhalb von vierzehn Tagen wieder auf. Den Rest der Zeit verbrachte ich damit, Taddei zu zeichnen. Im Profil, von vorn, in Drei-viertel-Ansicht. Seine Gesichtszüge verschwanden, ich füllte Blatt um Blatt, als wollte ich sein Abbild mit Säure auf dem Papier festhalten.

Sehr gelungen, sehr ähnlich sagte Michael, als er meinen Block durchblätterte. Ich wusste nicht, ob sie schön waren, aber sie waren ihm tatsächlich sehr ähnlich.

Wir saßen auf den Stufen des Metropolitan Museums und warteten auf eine Studentengruppe.

Sag mal Michael, wenn du ein Mädchen Blumen schickst, heißt das dann, dass du es liebst oder dass es nur herumkriegen willst? Er antwortete nicht, sondern blätterte weiter meinen Zeichenblock durch. Ich hakte nach: Und wenn du ein Mädchen liebst, willst du dann sofort mit ihr ins Bett gehen?

Und du?

Ich zögerte kurz und sagte: Ich weiß es nicht, ich habe noch nie mit jemandem geschlafen. Er reagierte nicht. Ich sagte: In meinem Alter findest du das bestimmt bescheuert.

Er ließ seine Finger knacken, ohne dass ich pro-testiert hätte, und sagte: Ich habe es auch noch nie getan.

Ich vermied es, ihn anzuschauen, war jedoch sehr erleichtert. Ich fügte noch hinzu: Hast du Angst davor?

Hat Taddei Angst?

Ich glaube nicht, schließlich hat er Erfahrungen.

Das stört dich?

Mir wäre es lieber, wenn er keine Vergleiche anstellen könnte.

Wenn er dich liebt, wird er das nicht tun.

Seine Haare hingen ihm ins Gesicht. Ich kniff ihn in den Arm, weil ich nicht wusste, wie ich sonst meine Dankbarkeit ausdrücken sollte. Er zuckte nicht mit der Wimper.

Ich fuhr fort: Ich weiß nicht, ob er mich liebt. Wenn er mich manchmal auf eine bestimmte Art anschaut, bin ich ganz sicher. Dann wieder scheint er so weit weg zu sein und . . .

Michael fiel mir ins Wort: Ich bin davon überzeugt, dass er total in dich verknallt ist.

Das sagte er sehr laut, was bei ihm ungewöhnlich war, und mit einer wilden Entschlossenheit hielt er meinem erstaunten Blick stand. Einige Sekunden lang sah ich einen neuen Michael, dann kamen die anderen auf uns zu, und sein Gesicht nahm wieder den üblichen Ausdruck an.

13. Kapitel

Ich lag schon im Bett, als die Mutter der Zwillinge an meine Zimmertür klopfte. Ich wurde am Telefon verlangt. Es war Taddei, der eben erst zurückgekommen war.

Warum hast du mich nicht schon früher angerufen?

Das hätte ich ihn nicht sagen sollen, ich hatte nicht die Absicht gehabt, ihm einen Vorwurf zu machen.

Er sagte: Ich habe keine Lust, bis morgen zu warten. Können wir uns sehen?

Jetzt?

Ja, ich hole dich mit dem Taxi ab.

Innerhalb einer Sekunde stand mein Entschluss fest. Ich sagte, ich würde lieber allein erscheinen, sobald meine Gastfamilie schlief.

Auf der Brooklyn Bridge spiegelten sich die Metallträger im schwarzen Wasser des Hudson. Vom anderen Ufer aus sah man die Hochhäuser Manhattans wie eine unbewegliche und bedrohliche Masse in den Himmel ragen. Ich konnte nicht mehr zurück. Das Taxi hielt in einer dunklen Straße vor einem Haus, das wie alle anderen Häuser in dieser Straße aussah. Taddei saß auf der Treppe und wartete. Er wollte unbedingt die Fahrt bezahlen und stieg vor mir bis ins oberste Stockwerk hinauf. Wir gingen durch einen schmalen Gang bis zu einer Tür, auf der sein Name stand. Er schloss sie hinter uns. Sein Appartement sah ordentlich aus, ich fragte mich, ob er extra für mich aufgeräumt hatte. Ich schaute mir das winzige Badezimmer und die typisch amerikanische Küche an, ich fasste alles an. Schließlich griff ich nach seiner Gitarre, legte meine Finger an eine beliebige Stelle der Saiten. Er hob eine Augenbraue und nahm mir das Instrument aus den Händen.

Taddei sagte: Du zerreißt mir noch eine Saite!

Er setzte sich neben mich und legte die Hände brav auf seine Knie.

Juliette, es ist nichts Schlimmes, ich wollte nur mit dir zusammen sein. Du hast mir so gefehlt.

Du mir auch.

Wir haben uns geliebt. Danach schlief er sofort ein. Ich lag neben ihm. Mir war kalt.

Ich ging ins Badezimmer, der Spiegel warf mir dasselbe Bild zurück wie immer, ich suchte nach einem Zeichen, einer gravierenden Veränderung, doch ich sah nur das Abbild einer plötzlichen Traurigkeit, die mich überfiel. Ich machte eine Lampe an. Ich beugte mich über ihn. Seine Wimpern warfen einen Schatten auf seine Wangen. Sein Geschlechtsteil lag zwischen seinen Beinen. Während wir uns geliebt hatten, war es hart und glatt gewesen, wie ein Kieselstein an einem bretonischen Strand.

Geräuschlos zog ich mich an, er rührte sich im Schlaf, wachte aber nicht auf. Im Taxi riss ich nervös mein Papiertaschentuch in Fetzen.

14. Kapitel

Für dich, sagte er am nächsten Tag, als er mich vor der Akademie erwartete, und legte mir einen Schal um den Hals. Ich verbarg mein Gesicht in der roten Seide.

Bist du mir böse? fragte er.

Ich schüttelte den Kopf. Ich hatte befürchtet, ihn nie wiederzusehen.

Er sagte nervös: Seit Tagen habe ich kaum geschlafen, aber ich hätte dich nicht sofort anrufen dürfen.

Warum hast du kaum geschlafen?

Er lenkte vom Thema ab, und sagte: Komm, wir gehen zu mir.

Zu dir? Jetzt? Ich kann nicht.

Du kannst doch schwänzen.

Wir nahmen die Subway. Wir saßen uns gegenüber, er klammerte meine Beine zwischen seine, ich sah sein Profil im Fenster und hatte auf einmal Lust zu singen:

„Et puis il y a le bal,
C'est fou quand je suis dans ses bras,
je me trouverais mal,
avec lui j'irais n'importe où,
le reste après tout, je m'en fous
j'ai mon amant qui est á moi, c'est peut-être banal
mais ce les gens pensent de vous je m'en fous.“

Deutsche Übersetzung:

„Und dann ist da noch das Tanzen, es ist verrückt, in seinen Armen könnte ich ohnmächtig werden, mit ihm ginge ich überall hin, was sonst ist, ist mir sowieso egal, mein Geliebter gehört mir, das ist vielleicht banal, aber was die Leute von einem denken, das ist mir egal.“

Was singst du?
Ich singe nicht.
Doch. Du summst die ganze Zeit vor dich hin.
Ich versenkte den Kopf erneut in den scharlachroten Schal.
Er lachte und sagte: Tag und Nacht denke ich an dich, ich möchte dich immer bei mir haben.
Durch die Seide hindurch erschien mir die ganze Welt rosarot.
Ich flüsterte: Ich werde bei dir sein.
Wie ein Schatten lag das Zerrinnen der Tage über uns.
Der Mai hatte schon begonnen, uns blieben nur noch zwei Monate.
Mit einem Satz fegte er das Gespenst und die Angst weg. Ich werde Französisch lernen, ich werde nach Paris erscheinen, hab großes Vertrauen.
Der Schal glitt auf meine Knie. In Brooklyn waren die Nachmittage endlos. Wir lagen nebeneinander und sahen, wie der Tag hinter den Dächern verschwand. Der Rauch von Taddeis Zigaretten zeichnete bizarre Formen über uns. Wir lernten den Körper des anderen auswendig.

Du spinnst, sagte Ally wenn ich kurzfristig in der Schule auftauchte.

Wenn wir für einige Stunden getrennt waren, blieb die Zeit stehen, es war ein einziges Warten. Vor uns tat sich der Abgrund auf. Ohne es glauben zu könn-en, trafen wir uns dann wieder.

Die Bäume verloren ihren Schimmer, die Farben ihren Glanz, es wurde immer heißer. Die Hundstage waren da. Wir gingen in den Central Park. Taddei nahm seine Gitarre mit. Ich brachte ihm La vie en rose bei und er sang:

> „Des nuits d'amour, á plus finir,
> un grand bonheur qui prend sa place,
> les ennuis, les chagrins s'effacent,
> heureux, heureux, á en mourir.
> C'est toi pour moi, moi pour toi dans la vie,
> tu me l'as dit, l'as juré pour la vie.
> Et dés que je t'aperçois, alors je sens en moi,
> Mon cœur qui bat . . ."

Deutsche Übersetzung:
„Unendlich lange Liebesnächte, ein großes Glück breitet sich aus, Ärger und Kummer verschwinden, vor Glück könnte man sterben. Du bist für mich da, ich bin für dich da, für immer, das hast du mir ge-sagt, du hast es für immer geschworen. Und sobald ich dich erblicke, spüre ich in mir mein Herz, das klopft . . ."

Er klemmte sich die Gitarre unter den Arm, presste seine Lippen auf die vereiste Coladose und trank

erst mal einen kräftigen Schluck eigekühlter Cola
um im Anschluss, mir ins Ohr zu flüstern:
„Heureux, heureux á en mourir . . ."

Deutsche Übersetzung
„Vor Glück könnte man sterben . . ."

15. Kapitel

Ally organisierte eine letzte Party. Ich überredete Taddei mitzukommen. Die Klimaanalage hielt die Räume kühl. Er wirbelte um mich herum, mir wurde schwindelig. Der Boden verschwand unter meinen Füßen.

Ally kam zu mir: Komm, ich muss mit dir reden.

Ich gab Taddei ein Zeichen und folgte ihr, sie schob mich ins Badezimmer.

Ich kann nicht länger schweigen, schließlich bin ich deine beste Freundin.

Was ist los?

Es ist wegen Taddei. Er betrügt dich, er lebt seit drei Jahren mit einer Frau zusammen, sie ist in einem Musikverlag tätig, quasi seine Agentin. Sie war auch mit ihm in New Orleans . . .

Ich fiel ihr ins Wort: Hör auf zu spinnen! Er hat ein Appartement, da bin ich die ganze Zeit. Ich möchte gerne mal wissen, wo er da eine Frau verstecken könnte.

Sie wohnte direkt gegenüber, sie bezahlt seine Miete. Im Moment ist sie für drei Monate unterwegs, aber sie wird zurückkommen.

Ally, warum tust du mir das an? Warum hasst du Taddei?

Du glaubst mir also nicht.

Ich riss die Tür auf und knallte sie vor ihrer Nase wieder zu.

Ich wusste nicht weiter, und mir liefen Tränen.

Taddei stand vor mir. Ich dachte an die dunkelhaarige Frau in der Kneipe. Am Anfang hat er mich nie zu sich genommen. Und als er in New Orleans war, hat er mich nie angerufen.

Ich sagte: Ally behauptet, dass du mit dieser dunkelhaarigen Frau zusammen bist, stimmt das?

Er verschluckte sich.

Ich schlug ihm auf den Rücken. Abrupt hob er den Kopf. Seine Gesichtszüge sahen aus wie in Granit gemeißelt.

Ich schüttelte ihn: Sag, dass es nicht wahr ist!

Aber ich hatte schon verstanden.

Er kniff die Lippen zusammen, konnte sich kaum bewegen. Er sagte: Juliette, du bist das Schönste, was mir meinem Leben passiert ist. Nur du zählst.

Ich brüllte: Du lügst, du lügst, du hast mich angelogen, du bist ein Nichts, ein Verräter, ein Idiot! Ich hasse dich, ich will dich nie wiedersehen . . . Ich hasse dich!

Ich wusste nicht mehr, was ich sagte, ich begann auf ihn einzuschlagen. Ich konnte nicht mehr aufhören, ihn zu schlagen. Jemand trennte uns und schob mich weg.

Ich sah ihn noch einmal an, er stand steif da, unbeweglich, sein Gesicht war ein anderes geworden, wie weiß angestrichen.

Ally heulte, Michael und Léonard standen um mich herum. Unter uns dehnte sich die Erde unendlich weit aus, die Geräusche der Stadt hämmerten wie eine Bohrmaschine auf meinen Kopf ein. Ich wollte nicht dass sie mit mir hineinkamen, doch sie bestanden darauf, gaben mir eine Schlaftablette und blieben, bis ich eingeschlafen war.

Am nächsten Tag fuhr ich nach Brooklyn. Ich musste ihn sehen, ich wollte verstehen, ich wollte die Beleidigungen zurücknehmen, die ich ihm an den Kopf geworfen hatte.

Er war nicht da. Bei Bob war er auch nicht, auch in keiner Kneipe. Ich suchte ihn in der ganzen Stadt.

Dann erinnere ich mich daran, dass ich irgendwann ins Bett gegangen bin.

Léonard sagte: Taddei ist weg, er hat seine ganzen Sachen mitgenommen, seine Verträge gekündigt und niemand weiß, wo er hingegangen ist. Warte nicht auf ihn.

Die Zwillinge sagten: Sie ist krank.

Die Stimmen kamen wie aus weiter Ferne, alle Umrisse waren unscharf.

Ich hatte Fieber, schwitzte, rief seinen Namen. Sein Geruch lag auf meiner Haut.

Ally betupfte meine Stirn mit einem feuchten Tuch.

Sie sagte: Verzeih mir, Juliette, das habe ich nicht gewollt.

Ich hätte ihr sagen wollen, dass sie sich keine Sorgen zu machen brauchte. Doch meine Lippen waren, genau wie meine Augen, trocken und wie versiegelt.

Michael setzt sich zu mir an Bett und sagte leise: Das ganze Jahr war ich in dich verliebt. Wenn du wüsstest, wie sehr ich unter deiner Gleichgültigkeit gelitten habe. Ich dachte, ich könne es ertragen. Doch heute, schau, kann ich bei dir sein ohne wirklich zu leiden.

Er nahm meine Hand, ich zog sie nicht zurück.

Du glaubst, dass du nie darüber hinwegkommen wirst, aber das wirst du. Außerdem liebt er dich, man brauchte ihr anzusehen, um das zu spüren.

Ich spürte nichts mehr, eine seltsame Gleichgültigkeit hatte sich meiner bemächtigt. Ich flog nach Hause.

Die Insel Manhattan verschwand im Nebel. Ich wollte sterben. Das Flugzeug flog durch die Wolkendecke, ich hörte Edith Piafs tragische Worte:

„Les souvenirs qui m'enlacent,
chantent au fond de mon cœur,
et tous les coins où je passe,
me rappellent mon bonheur,
je m'en fous pas mal,
j'ai mon peut-être banal,
je danse et je ferme les yeux,
je crois c'est encore nous deux,
j'ai mon cœur qui frappe á grands coups,
ça m'est égal, je m'en fous.“

Deutsche Übersetzung:

„Die Erinnerungen, die ich herumtrage, singen tief in meinem Herzen, und alle Orte, die ich sehe, erinnern mich an mein Glück, es ist mir ganz egal, meine Vergangenheit gehört mir, das ist vielleicht banal, ich tanze und schließe die Augen, ich sehe uns noch einmal, mein Herz klopft heftig, es ist mir ganz egal."

Ich musste die ganze Flugzeit an Taddei und alle meine Freunde denken. Am liebsten wäre ich geblieben, um meine wahre Liebe zu suchen.

EPILOG

Paris, im Herbst 2002

Es sind nun über zwei Jahre. Es ist schon so lange her. Ich habe meinen ersten Vertrag. Ich lasse die Eingangstür zufallen. Ich erblicke einen Zettel. Die Schrift meiner Schwester verwischt sich, dann ich lesen:

Hallo Schwesterherz,

Taddei hat angerufen, er ist in Paris,
du sollst ihn bitte zurückrufen.

Liebe Grüße Emma

Vor Bestürzung bin ich wie versteinert. Ich zögere. Nur mit Mühe kann ich die Nummer wählen. Es ist ein Hotel. Ich wartete und höre dann den Klang seiner schönen tiefen Männerstimme.